ILAN BRENMAN

Isso não é brinquedo!

Ilustrações de
LUCIANO LOZANO

2ª EDIÇÃO

Texto © ILAN BRENMAN, 2024
Ilustrações © LUCIANO LOZANO, 2024
1ª edição, 2007

DIREÇÃO EDITORIAL	Maristela Petrili de Almeida Leite
COORDENAÇÃO DE EDIÇÃO DE TEXTO	Marília Mendes
EDIÇÃO DE TEXTO	Ana Caroline Eden
COORDENAÇÃO DE EDIÇÃO DE ARTE	Camila Fiorenza
PROJETO GRÁFICO	Isabela Jordani
DIAGRAMAÇÃO	Cristina Uetake
ILUSTRAÇÃO DE CAPA E MIOLO	Luciano Lozano
COORDENAÇÃO DE REVISÃO	Thaís Totino Richter
REVISÃO	Nair Hitomi Kayo
COORDENAÇÃO DE *BUREAU*	Everton L. de Oliveira
PRÉ-IMPRESSÃO	Ricardo Rodrigues, Vitória Sousa
COORDENAÇÃO DE PRODUÇÃO INDUSTRIAL	Wendell Jim. C. Monteiro
IMPRESSÃO E ACABAMENTO	Log&Print Gráfica, Dados Variáveis e Logística S.A.
LOTE	790392
CÓDIGO	120009322

DADOS INTERNACIONAIS DE CATALOGAÇÃO NA PUBLICAÇÃO (CIP)
(CÂMARA BRASILEIRA DO LIVRO, SP, BRASIL)

Brenman, Ilan
    Isso não é brinquedo! / Ilan Brenman ; ilustrações de Luciano Lozano. – 2. ed. – São Paulo : Santillana Educação, 2024. – (Histórias de pais e filhos)

ISBN 978-85-527-2922-8

1. Literatura infantojuvenil I. Lozano, Luciano. II. Título. III. Série.

23-178951   CDD-028.5

Índices para catálogo sistemático:
1. Literatura infantil 028.5
2. Literatura infantojuvenil 028.5

Cibele Maria Dias - Bibliotecária - CRB-8/9427

Editora Moderna Ltda.
Rua Padre Adelino, 758 – Quarta Parada
São Paulo – SP – CEP: 03303-904
Central de atendimento: (11) 2790-1300
www.moderna.com.br
Impresso no Brasil
2024

LEITURA EM FAMÍLIA
Dicas para ler
com as crianças!

http://mod.lk/leituraf

Para Lis e Iris, que o brincar as acompanhe por toda a vida.

VOCÊS ENTENDEM SEUS PAIS?
EU NÃO ENTENDO MUITO BEM
OS MEUS. SEI QUE ELES ME
AMAM E EU TAMBÉM OS AMO.

MAS, NOS ÚLTIMOS TEMPOS,
ELES NÃO PARAM DE REPETIR:

UM DIA PEGUEI UM BALDE NA ÁREA DE LIMPEZA. MINHA MÃE FOI LOGO FALANDO:

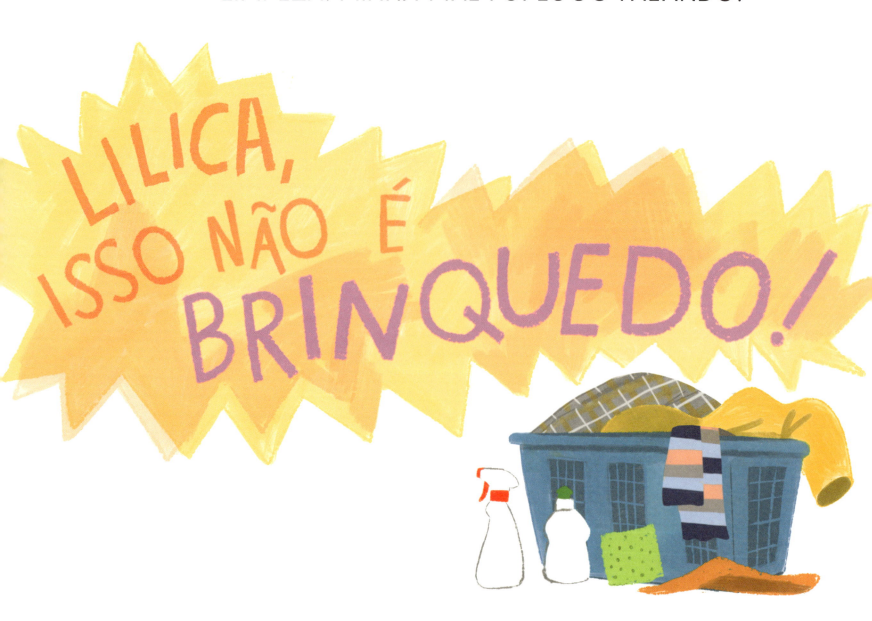

LILICA, ISSO NÃO É BRINQUEDO!

ELA NÃO ENTENDE NADA!... PRA MIM,
AQUILO ERA UMA CESTA MÁGICA!

OUTRO DIA, ABRI UMA GAVETA DA COZINHA E TIREI UM COADOR. MEU PAI FOI LOGO DIZENDO:

LILICA, ISSO NÃO É BRINQUEDO!

ELE NÃO SABE DE NADA!...
PRA MIM AQUILO ERA UM
CHAPÉU COM FURINHOS
PARA O CABELO RESPIRAR.

NO MEU ANIVERSÁRIO, GANHEI UM PRESENTE ENORME. ABRI O PACOTE E ERA UMA BONECA. MAS EU GOSTEI MESMO FOI DA CAIXA, QUE ERA BEM GRANDE. FUI LOGO BRINCANDO COM A CAIXA. ENTÃO, OUVI OS DOIS, MEU PAI E MINHA MÃE, REPETINDO:

COMO NÃO?! A CAIXA ERA
DURA E COM MUITOS LADOS.
FIQUEI UM TEMPÃO EXPLORANDO
SEUS MISTÉRIOS. MEUS PAIS
OLHAVAM PARA A BONECA E NÃO
ENTENDIAM NADA.

NO DOMINGO FOMOS PASSEAR NUM PARQUE. ENCONTREI NO CHÃO UMA VARINHA DE CONDÃO. E É CLARO QUE MEUS PAIS GRITARAM:

PRA MIM, TUDO, TUDO...

O AUTOR

Ilan Brenman é filho de argentinos, neto de russos e poloneses. Ele nasceu em Israel em 1973 e veio para o Brasil em 1979. Naturalizado brasileiro, Ilan morou a vida inteira em São Paulo, onde continua criando suas histórias.

Ilan fez mestrado e doutorado na Faculdade de Educação da USP, em ambos defendendo uma literatura infantil e juvenil livre e com muito respeito à inteligência e à sensibilidade da criança e do jovem leitor.

Recebeu diversos prêmios, entre eles o selo "Altamente Recomendável" pela Fundação Nacional do Livro Infantil e Juvenil, os 30 melhores livros do ano pela revista *Crescer* e o prêmio White Ravens (Alemanha), o que significa fazer parte do melhor que foi publicado no mundo.

Seus livros foram publicados em diversos países como: França, Itália, Alemanha, Polônia, Espanha, Suécia, Dinamarca, Turquia, Romênia, México, Argentina, Chile, Vietnã, Coreia do Sul, China, Taiwan, entre outros países.

Atualmente, ele percorre o Brasil e o mundo dando palestras e participando de mesas de debate em feiras de livros, escolas e universidades sobre temas contemporâneos nas áreas de cultura, família, literatura e educação.

Este livro nasceu de um fato da vida familiar do autor. Certo dia, a filha dele entrou na cozinha, foi para a área de serviço e lá pegou um balde e o pôs na cabeça. Ilan no mesmo instante falou: "Filha, isso não é brinquedo!", ela respondeu: "É sim, pai, é um chapéu muito legal!". O pai-autor ficou pensativo e saiu correndo para escrever esta história.

Para conhecer mais o trabalho do Ilan:
www.ilan.com.br

O ILUSTRADOR

Luciano Lozano nasceu em Cádiz, na Espanha. Estudou Turismo e em 2007 concluiu o mestrado em Ilustração, em Barcelona. Desde então, trabalha como ilustrador.

Em 2011, recebeu o Prêmio Junceda na Catalunha, de melhor livro infantil publicado no exterior, com *Operation Alphabet*, publicado em vários idiomas.

Colaborou com as melhores editoras infantis do mundo, com as quais publicou mais de 30 livros.

Seu primeiro livro como autor e ilustrador, *Dora dança*, foi publicado em 10 países, incluindo o Brasil, pela editora Salamandra. Atualmente, ele vive em Barcelona.

Para conhecer mais o trabalho de Luciano:
www.lucianolozano.com